हिन्द पॉकेट बुक्स

वेताल पच्चीसी की कहानियाँ (भाग 2)

वेताल पचीसी पच्चीस कथाओं से युक्त एक ग्रन्थ है। इसके रचयिता वेताल भट्ट हैं, जो न्याय के लिए प्रसिद्ध राजा विक्रम के नौ रत्नों में से एक थे। ये कथाएँ राजा विक्रम की न्याय-शक्ति का बोध कराती हैं। वेताल प्रतिदिन एक कहानी सुनाता है और अन्त में राजा से ऐसा प्रश्न कर देता है कि राजा को उसका उत्तर देना ही पड़ता है। उसने शर्त लगा रखी है कि अगर राजा बोलेगा तो वह उससे रूठकर फिर से पेड़ पर जा लटकेगा। लेकिन यह जानते हुए भी सवाल सामने आने पर राजा से चुप नहीं रहा जाता।

वेताल पच्चीसी की इन कहानियों को छोटों और किशोरों के लिए सजाया संवारा गया है। ये प्रेरक कहानियाँ बहुत ही आसान भाषा में रोचक ढंग से लिखी गई हैं, ताकि इन्हें याद करने में भी आसानी रहे। इसमें आकर्षक चित्र भी दिए गए हैं और साथ ही आपकी परीक्षा के लिए प्रश्नोत्तरी भी, हल कीजिए और अपने ज्ञान की परीक्षा आप स्वयं कीजिए।

लेखक की अन्य पुस्तकें

- हमारे राष्ट्रीय खेल
- हमारा राष्ट्रीय पुष्प कमल
- हमारा राष्ट्रीय पक्षी मोर
- हमारा राष्ट्रीय गीत
- हमारी राष्ट्रीय संस्कृति वैदिक
- हमारा राष्ट्रीय फल आम
- हमारा राष्ट्रीय चिह्न अशोक चक्र
- हमारा राष्ट्रीय वृक्ष बरगद
- हमारी राष्ट्रीय जलचर डॉल्फिन
- हमारी राष्ट्रीय नदी गंगा
- हमारा राष्ट्रीय ग्रंथ गीता
- हमारे राष्ट्रीय पर्व और दिवस
- हमारे राष्ट्रीय स्मारक
- हमारा राष्ट्रीय ध्वज तिरंगा
- हमारे राष्ट्रीय विरासत स्थल
- हमारी राजभाषा हिन्दी
- हमारे नेशनल पार्क
- लोकप्रिय बाल गीत
- हमारे देशभक्ति गीत
- हमारे राष्ट्रीय गीत
- शहीदों के अमर गीत
- महाभारत की कहानियाँ
- पुराणों की कहानियाँ
- रामायण की कहानियाँ
- बेताल पचीसी, दो भागों में
- महापुरुषों का बचपन
- महाराणा प्रताप
- बहादुर बेटी मलाला

सुरुचिपूर्ण एवं प्रेरणादायक सचित्र कहानियाँ

वेताल पच्चीसी

की

कहानियाँ (भाग 2)

मूल लेखक

वेताल भट्ट

हिन्दी रूपान्तरण

तेजपाल सिंह धामा

हिन्द पॉकेट बुक्स

पेंगुइन रैंडम हाउस इम्प्रिंट

हिन्द पॉकेट बुक्स

यूएसए | कनाडा | यूके | आयरलैंड | ऑस्ट्रेलिया | सिंगापुर
न्यू ज़ीलैंड | भारत | दक्षिण अफ्रीका | चीन

हिन्द पॉकेट बुक्स, पेंगुइन रैंडम हाउस ग्रुप ऑफ़ कम्पनीज़ का हिस्सा है,
जिसका पता global.penguinrandomhouse.com पर मिलेगा

पेंगुइन रैंडम हाउस इंडिया प्रा. लि.,
चौथी मंजिल, कैपिटल टावर -1, एम जी रोड,
गुड़गांव-122002, हरियाणा, भारत

पेंगुइन
रैंडम हाउस
इंडिया

प्रथम हिन्दी संस्करण हिन्द पॉकेट बुक्स द्वारा 2014 में प्रकाशित
यह हिन्दी संस्करण हिन्द पॉकेट बुक्स में पेंगुइन रैंडम हाउस द्वारा 2022 में प्रकाशित

10 9 8 7 6 5 4 3 2

इस पुस्तक में व्यक्त विचार लेखक के अपने हैं, जिनका यथासंभव तथ्यात्मक सत्यापन किया गया है, और इस संबंध में प्रकाशक एवं सहयोगी प्रकाशक किसी भी रूप में उत्तरदायी नहीं हैं।

ISBN 9789353491260

मुद्रकः रेप्रो इंडिया लिमिटेड

www.penguin.co.in

MIX
Paper from responsible sources
FSC® C047271
FSC www.fsc.org

This is a legitimate digitally printed version of the book and therefore might not have certain extra finishing on the cover.

क्रम

सबसे अधिक कोमल

गौड़ देश में वर्धमान नाम का एक नगर था, जिसमें गुणशेखर नाम का राजा राज करता था। उसके अभयचन्द्र नाम का दीवान था। उस दीवान के समझाने से राजा ने अपने राज्य में शिव और विष्णु की पूजा, गोदान, भूदान, पिण्डदान आदि सब बन्द कर दिए। नगर में डोंडी पिटवा दी कि जो कोई ये काम करेगा, उसका सबकुछ छीनकर उसे नगर से निकाल दिया जाएगा।

एक दिन दीवान ने कहा, "महाराज, अगर कोई किसी को कष्ट पहुँचाता है और उसके प्राण लेता है तो पाप से उसका जन्म-मरण नहीं छूटता। वह बार-बार जन्म लेता और मरता है। इससे मनुष्य का जन्म पाकर धर्म बढ़ाना चाहिए। आदमी को हाथी से लेकर चींटी तक सबकी रक्षा करनी चाहिए। जो लोग दूसरों के दुःख को नहीं समझते और उन्हें सताते हैं, उनकी इस पृथ्वी पर उम्र घटती जाती है और वे लूले-लँगड़े, काने, बौने होकर जन्म लेते हैं।"

राजा ने कहा, "ठीक है।"

अब दीवान जैसे कहता, राजा वैसे ही करता। दैवयोग से एक दिन राजा मर गया। उसकी जगह उसका बेटा धर्मराज गद्दी पर

बैठा। एक दिन उसने किसी बात पर नाराज होकर दीवान को नगर से बाहर निकलवा दिया।

कुछ दिन बाद, वसन्त ऋतु में वह इन्दुलेखा, तारावली और मृगांकवती, इन तीनों रानियों को लेकर बाग में गया। वहाँ जब उसने इन्दुलेखा के बालों का स्पर्श किया तो उसके कान में लगा हुआ कमल उसकी जाँघ पर गिर गया। कमल के गिरते ही उसकी जाँघ में घाव हो गया और वह बेहोश हो गई। बहुत इलाज हुआ, तब वह ठीक हुई। इसके बाद एक दिन की बात है कि तारावली ऊपर खुले में सो रही थी। चाँद निकला, जैसे ही उसकी चाँदनी तारावली के शरीर पर पड़ी, फफोले उठ आए। कई दिन के उपचार के बाद उसे आराम हुआ। इसके बाद एक दिन किसी के घर में मूसलों से धान कूटने की आवाज आई। सुनते ही मृगांकवती के हाथों में छाले पड़ गए और घड़ा भी न उठा सकी। वह भी फूट गया। उपचार हुआ, तब जाकर ठीक हुए।

इतनी कथा सुनाकर वेताल ने पूछा, "महाराज, बताइए, उन तीनों में सबसे अधिक कोमल कौन थी?"

विक्रम ने कहा, "मृगांकवती, क्योंकि पहली दो के घाव और छाले कमल और चाँदनी के छूने से हुए थे। तीसरी ने मूसल को छुआ भी नहीं और छाले पड़ गए। वही सबसे अधिक सुकुमार हुई।"

विक्रम के इतना कहते ही वेताल नौ-दो ग्यारह हो गया। विक्रम बेचारा फिर मसान में गया और जब वह उसे लेकर चला तो उसने एक और कहानी सुनाई।

फटा हृदय

किसी काल में अंगदेश मे यशकेतु नाम का राजा था। उसके दीर्घदर्शी नाम का बड़ा ही चतुर दीवान था। राजा बड़ा विलासी था। राज्य का सारा बोझ दीवान पर डालकर वह भोग में पड़ गया। दीवान को बहुत दुःख हुआ। उसने देखा कि राजा के साथ सब जगह उसकी निन्दा होती है। इसलिए वह तीरथ का बहाना करके चल पड़ा। चलते-चलते रास्ते में उसे एक शिव-मन्दिर मिला। उसी समय निछिदत्त नाम का एक सौदागर वहाँ आया और दीवान के पूछने पर उसने बताया कि वह सुवर्णद्वीप में व्यापार करने जा रहा है। दीवान भी उसके साथ हो लिया। दोनों जहाज पर चढ़कर सुवर्णद्वीप पहुँचे और वहाँ व्यापार करके धन कमाकर लौटे। रास्ते में समुद्र में दीवान को एक कल्पवृक्ष दिखाई दिया। उसकी मोटी-मोटी शाखाओं पर रत्नों से जड़ा एक पलंग बिछा था। उस पर एक रूपवती कन्या बैठी वीणा बजा रही थी। थोड़ी देर बाद वह गायब हो गई। पेड़ भी नहीं रहा। दीवान बड़ा चकित हुआ। दीवान ने अपने नगर में लौटकर सारा हाल राजा से कह सुनाया। इस बीच इतने दिनों तक राज्य को चला कर राजा सुधर गया था और उसने विलासिता छोड़ दी थी। दीवान की कहानी सुनकर राजा उस सुन्दरी को पाने

के लिए बेचैन हो उठा और राज्य का सारा काम दीवान पर सौंपकर तपस्वी का भेष बनाकर वहीं पहुँचा। पहुँचने पर उसे वही कल्पवृक्ष और वीणा बजाती कन्या दिखाई दी।

उसने राजा से पूछा, "तुम कौन हो?"

राजा ने अपना परिचय दे दिया।

कन्या बोली, "मैं राजा मृगांकसेन की कन्या हूँ। मृगांकवती मेरा नाम है। मेरे पिता मुझे छोड़कर न जाने कहाँ चले गए।"

राजा ने उसके साथ विवाह कर लिया। कन्या ने यह शर्त रखी कि वह हर महीने के शुक्लपक्ष और कृष्णपक्ष की चतुर्दशी और अष्टमी को कहीं जाया करेगी और राजा उसे रोकेगा नहीं। राजा ने यह शर्त मान ली।

इसके बाद कृष्णपक्ष की चतुर्दशी आई तो राजा से पूछकर मृगांकवती वहाँ से चली। राजा भी चुपचाप पीछे-पीछे चल दिया। अचानक राजा ने देखा कि एक राक्षस निकला और उसने मृगांकवती को निगल लिया। राजा को बड़ा गुस्सा आया और उसने राक्षस का सिर काट डाला। मृगांकवती उसके पेट से जीवित निकल आई।

राजा ने उससे पूछा कि यह क्या माजरा है तो उसने कहा, "महाराज, मेरे पिता मेरे बिना भोजन नहीं करते थे। मैं अष्टमी और चतुदर्शी के दिन शिव पूजा करने यहाँ आती थी। एक दिन पूजा में मुझे बहुत देर हो गई। पिता को भूखा रहना पड़ा। देर से जब मैं घर लौटी तो उन्होंने क्रोध में मुझे शाप दे दिया कि अष्टमी और चतुर्दशी के दिन जब मैं पूजन के लिए आया करूँगी तो एक राक्षस मुझे निगल जाया करेगा और मैं उसका पेट चीरकर निकला

करूँगी। जब मैंने उनसे शाप छुड़ाने के लिए बहुत अनुनय की तो वह बोले, 'जब अंगदेश का राजा तेरा पति बनेगा और तुझे राक्षस से निगली जाते देखेगा तो वह राक्षस को मार देगा। तब तेरे शाप का अन्त होगा।'''

इसके बाद राजा उसे लेकर नगर में आया। दीवान ने यह देखा तो उसका हृदय फट गया और वह मर गया। इतना कहकर वेताल ने पूछा, ''हे राजन्! बताओ कि स्वामी की इतनी प्रसन्नता के समय दीवान का हृदय क्यों फट गया?''

विक्रम ने कहा, ''इसलिए कि उसने सोचा कि राजा फिर स्त्री के चक्कर में पड़ गया और राज्य की दुर्दशा होगी।'' विक्रम का इतना कहना था कि वेताल फिर पेड़ पर जा लटका। राजा ने वहाँ जाकर फिर उसे साथ लिया तो रास्ते में वेताल ने अगली कहानी सुनाई।

अपराधी

बनारस में देवस्वामी नाम का एक ब्राह्मण रहता था। उसका एक हरिदास नाम का पुत्र था। हरिदास की बड़ी सुन्दर पत्नी थी जिसका नाम था लावण्यवती। एक दिन वे महल के ऊपर छत पर सो रहे थे कि आधी रात के समय एक गंधर्व-कुमार आकाश में घूमता हुआ उधर से निकला। वह लावण्यवती के रूप पर मुग्ध होकर उसे उड़ाकर ले गया। जागने पर हरिदास ने देखा कि उसकी स्त्री नहीं है तो उसे बड़ा दुःख हुआ और वह मरने के लिए तैयार हो गया। लोगों के समझाने पर वह मान तो गया, लेकिन यह सोचकर कि तीरथ करने से शायद पाप दूर हो जाए और स्त्री मिल जाए, वह फकीरी के बाने में घर से निकल पड़ा।

चलते-चलते वह किसी गाँव में एक ब्राह्मण के घर पहुँचा। उसे भूखा देख ब्राह्मणी ने उसे कटोरा भरकर खीर दे दी और तालाब के किनारे बैठकर खाने को कहा। हरिदास खीर लेकर एक पेड़ के नीचे आया और कटोरा वहाँ रखकर तालाब में हाथ-मुँह धोने गया। इसी बीच एक बाज किसी साँप को लेकर उसी पेड़ पर आ बैठा और जब वह उसे खाने लगा तो साँप के मुँह से जहर टपककर कटोरे में गिर गया। हरिदास को कुछ पता ही नहीं चला।

वह उस खीर को खा गया। जहर का असर होने पर वह तड़पने लगा और दौड़ा-दौड़ा ब्राह्मणी के घर आया, बाहर ब्राह्मणी का पति मिल गया, तो उससे बोला, "तुम्हारी पत्नी ने मुझे जहर दे दिया है।" इतना कहने के बाद हरिदास मर गया।

पति ने यह देखा तो ब्राह्मणी को ब्रह्मघातिनी कहकर घर से निकाल दिया।

इतना कहकर वेताल बोला, "राजन्! बताओ कि साँप, बाज, और ब्राह्मणी, इन तीनों में अपराधी कौन है?"

विक्रम ने कहा, "कोई नहीं। साँप तो इसलिए नहीं क्योंकि वह शत्रु के वश में था। बाज इसलिए नहीं कि वह भूखा था। जो उसे मिल गया, उसी को वह खाने लगा। ब्राह्मणी इसलिए नहीं कि उसने अपना धर्म समझकर उसे खीर दी थी और अच्छी दी थी। जो इन तीनों में से किसी को दोषी कहेगा, वह स्वयं दोषी होगा। इस प्रकार अपराधी ब्राह्मणी का पति था, जिसने बिना विचारे ब्राह्मणी को घर से निकाल दिया।"

इतना सुनकर वेताल फिर पेड़ पर जा लटका और राजा को वहाँ जाकर उसे लाना पड़ा। वेताल ने चलते-चलते फिर नई कहानी सुनाई।

स्त्री का मन

अयोध्या नगरी में वीरकेतु नाम का राजा राज करता था। उसके राज्य में रत्नदत्त नाम का एक साहूकार था, जिसके रत्नवती नाम की एक लड़की थी। वह सुन्दर थी। वह पुरुष के भेष में रहा करती थी और किसी से भी विवाह नहीं करना चाहती थी। उसका पिता बड़ा दुःखी था। इसी बीच नगर में खूब चोरियाँ होने लगीं। प्रजा दुःखी हो गई।

प्रयत्न करने पर भी जब चोर पकड़ में न आया तो राजा स्वयं उसे पकड़ने के लिए निकला। एक बार रात को जब राजा भेष बदलकर घूम रहा था तो उसे परकोटे के पास एक आदमी दिखाई दिया। राजा चुपचाप उसके पीछे चल दिया। चोर ने कहा –

"तब तो तुम मेरे साथी हो। आओ, मेरे घर चलो।"

दोनों घर पहुँचे। उसे बिठाकर चोर किसी काम के लिए चला गया। इसी बीच उसकी दासी आई और बोली –

"तुम यहाँ क्यों आए हो? चोर तुम्हें मार डालेगा। भाग जाओ।"

राजा ने ऐसा ही किया। फिर उसने फौज लेकर चोर का घर

घेर लिया। जब चोर ने यह देखा तो वह लड़ने के लिए तैयार हो गया। दोनों में खूब लड़ाई हुई। अन्त में चोर हार गया। राजा उसे पकड़कर राजधानी में लाया और उसे सूली पर लटकाने का आदेश दे दिया। संयोग से रत्नवती ने उसे देखा तो वह उस पर मोहित हो गई और अपने पिता से बोली –

"मैं इसके साथ विवाह करूँगी, नहीं तो मर जाऊँगी।"

पर राजा ने उसकी बात न मानी और चोर को सूली पर लटका दिया गया। सूली पर लटकने से पहले चोर पहले तो बहुत रोया, फिर खूब हँसा। रत्नवती वहाँ पहुँच गई और चोर के सिर को लेकर सती होने को चिता में बैठ गई। उसी समय देवी ने आकाशवाणी की, "मैं तेरी पतिभक्ति से प्रसन्न हूँ। जो चाहे सो माँग।"

रत्नवती ने कहा, "मेरे पिता के कोई पुत्र नहीं है। सो वर दीजिए, कि उनसे सौ पुत्र हों।"

देवी प्रकट होकर बोलीं, "यही होगा। और कुछ माँगो।"

वह बोली, "मेरे पति जीवित हो जाएँ।"

देवी ने उसे जीवित कर दिया। दोनों का विवाह हो गया। राजा को जब यह मालूम हुआ तो उन्होंने चोर को अपना सेनापति बना लिया।

इतनी कहानी सुनाकर वेताल ने पूछा, "हे राजन्, यह बताओ कि सूली पर लटकने से पहले चोर क्यों जोर-जोर से रोया और फिर क्यों हँसते-हँसते मर गया?"

विक्रम ने कहा, "रोया तो इसलिए कि वह राजा रत्नदत्त का कुछ

भी भला न कर सकेगा। हँसा इसलिए कि रत्नवती बड़े-बड़े राजाओं और धनिकों को छोड़कर उस पर मुग्ध होकर मरने को तैयार हो गई। स्त्री के मन की गति को कोई नहीं समझ सकता।" इतना सुनकर वेताल गायब हो गया और पेड़ पर जा लटका। विक्रम फिर वहाँ गया और उसे फिर एक नई कहानी सुननी पड़ी।

चोरी की चीज

नेपाल देश में शिवपुरी नामक नगर में यशकेतु नामक राजा राज करता था। उसके चन्द्रप्रभा नाम की रानी और शशिप्रभा नाम की लड़की थी।

जब राजकुमारी बड़ी हुई तो एक दिन वसन्त उत्सव देखने बाग में गई। वहाँ एक ब्राह्मण का लड़का आया हुआ था। दोनों ने एक-दूसरे को देखा और प्रेम करने लगे। इसी बीच एक पागल हाथी वहाँ दौड़ता हुआ आया।

ब्राह्मण का लड़का राजकुमारी को उठाकर दूर ले गया और हाथी से बचा दिया। शशिप्रभा महल में चली गई, पर ब्राह्मण के लड़के के लिए व्याकुल रहने लगी। उधर ब्राह्मण के लड़के की भी बुरी दशा थी।

वह एक सिद्धगुरु के पास पहुँचा और अपनी इच्छा बताई। उसने एक योग-गुटिका अपने मुँह में रखकर ब्राह्मण का रूप बना लिया और एक गुटिका ब्राह्मण के लड़के के मुँह में रखकर उसे सुन्दर लड़की बना दिया।

उसने राजा के पास जाकर कहा, "मेरा एक ही बेटा है। उसके

लिए मैं इस लड़की को लाया था, पर लड़का न जाने कहाँ चला गया। आप इसे यहाँ रख लें। मैं लड़के को ढूँढ़ने जाता हूँ। मिल जाने पर इसे ले जाऊँगा।"

सिद्धगुरु चला गया और लड़की के भेष में ब्राह्मण का लड़का राजकुमारी के पास रहने लगा। धीरे-धीरे दोनों में बड़ा प्रेम हो गया।

एक दिन राजकुमारी ने कहा, "मेरा दिल बड़ा दुःखी रहता है। एक ब्राह्मण के लड़के ने पागल हाथी से मेरे प्राण बचाए थे। मेरा मन उसी में रमा है।"

इतना सुनकर उसने गुटिका मुँह से निकाल ली और ब्राह्मण-कुमार बन गया। राजकुमारी उसे देखकर बहुत प्रसन्न हुई। तब से वह रात को रोज गुटिका निकालकर लड़का बन जाता, दिन में लड़की बना रहता। दोनों ने चुपचाप विवाह कर लिया।

कुछ दिन बाद राजा के साले की कन्या मृगांकदत्ता का विवाह दीवान के बेटे के साथ होना तय हुआ। राजकुमारी अपना कन्या-रूप धारण कर ब्राह्मण कुमार के साथ वहाँ गई। संयोग से दीवान का पुत्र उस बनावटी कन्या पर रीझ गया। विवाह होने पर वह मृगांकदत्ता को घर तो ले गया, लेकिन उसका हृदय उस कन्या के लिए व्याकुल रहने लगा।

उसकी यह दशा देखकर दीवान बहुत हैरान हुआ। उसने राजा को समाचार भेजा। राजा आया। उसके सामने सवाल था कि धरोहर के रूप में रखी हुई कन्या को वह कैसे दे दे? दूसरी ओर यह मुश्किल कि न दे तो दीवान का लड़का मर जाए।

बहुत सोच-विचार के बाद राजा ने दोनों का विवाह कर दिया। बनावटी कन्या ने यह शर्त रखी कि चूँकि वह दूसरे के लिए लाई गई थी, इसलिए उसका यह पति छह महीने तक यात्रा करेगा, तब वह उससे बात करेगी।

दीवान के लड़के ने यह शर्त मान ली। विवाह के बाद वह उसे मृगांकदत्ता के पास छोड़ तीर्थ-यात्रा चला गया। उसके जाने पर दोनों आनन्द से रहने लगे। ब्राह्मणकुमार रात में आदमी बन जाता और दिन में कन्या बना रहता।

जब छह महीने बीतने को आए तो वह एक दिन मृगांकदत्ता को लेकर भाग गया। उधर सिद्धगुरु एक दिन अपने मित्र शशि को युवा पुत्र बनाकर राजा के पास लाया और उस कन्या को माँगा।

शाप के डर के मारे राजा ने कहा, "वह कन्या तो जाने कहाँ चली गई। आप मेरी कन्या से इसका विवाह कर दें।"

वह राजी हो गया और राजकुमारी का विवाह शशि के साथ कर दिया।

घर आने पर ब्राह्मणकुमार ने कहा, "यह राजकुमारी मेरी स्त्री है। मैंने इससे गंधर्व-रीति से विवाह किया है।"

शशि ने कहा, "यह मेरी स्त्री है, क्योंकि मैंने सबके सामने विधि-पूर्वक विवाह किया है।"

वेताल ने पूछा, "राजन् दोनों में से राजकुमारी किसकी पत्नी है?"

राजा ने कहा, "मेरी राय में वह शशि की पत्नी है, क्योंकि राजा

ने सबके सामने विधिपूर्वक विवाह किया था। ब्राह्मणकुमार ने तो चोरी से विवाह किया था। चोरी की चीज पर चोर का अधिकार नहीं होता।"

इतना सुनना था कि वेताल गायब हो गया और राजा को जाकर फिर उसे लाना पड़ा। रास्ते में वेताल ने फिर अगली कहानी सुनाई।

सबसे बड़ा काम

हिमालय पर्वत पर गंधर्वों का एक नगर था, जिसमें जीमूतकेतु नामक राजा राज करता था। उसके एक लड़का था, जिसका नाम जीमूतवाहन था। बाप-बेटे दोनों भले थे। धर्म-कर्म में लगे रहते थे। इससे प्रजा के लोग बहुत स्वच्छन्द हो गए और एक दिन उन्होंने राजा के महल को घेर लिया। राजकुमार ने यह देखा तो पिता से कहा कि आप चिन्ता न करें। मैं सबको मार भगाऊँगा।

राजा बोला, "नहीं, ऐसा मत करो। युधिष्ठिर भी महाभारत करके पछताए थे।"

इसके बाद राजा अपने गोत्र के लोगों को राज्य सौंप राजकुमार के साथ मलयाचल पर जाकर मढ़ी बनाकर रहने लगा। वहाँ जीमूतवाहन की एक ऋषि के बेटे से दोस्ती हो गई। एक दिन दोनों पर्वत पर भवानी के मन्दिर में गए तो दैवयोग से उन्हें मलयकेतु राजा की पुत्री मिली। दोनों एक-दूसरे पर मोहित हो गए। जब कन्या के पिता को मालूम हुआ तो उसने अपनी बेटी उसे विवाह दी।

एक रोज की बात है कि जीमूतवाहन को पहाड़ पर एक सफेद ढेर दिखाई दिया। पूछा तो मालूम हुआ कि पाताल से बहुत-से नाग आते हैं, जिन्हें गरुड़ खा लेता है। यह ढेर उन्हीं की हड्डियों का है।

उसे देखकर जीमूतवाहन आगे बढ़ गया। कुछ दूर जाने पर उसे किसी के रोने की आवाज सुनाई दी। पास गया तो देखा कि एक बुढ़िया रो रही है। कारण पूछा तो उसने बताया कि आज उसके बेटे शंखचूड़ नाग की बारी है। उसे गरुड़ आकर खा जाएगा।

जीमूतवाहन ने कहा, ''माँ, तुम चिन्ता न करो, मैं उसकी जगह चला जाऊँगा।'' बुढ़िया ने बहुत समझाया, पर वह न माना।

इसके बाद गरुड़ आया और उसे चोंच में पकड़कर उड़ा ले गया। संयोग से राजकुमार का बाजूबंद गिर पड़ा, जिस पर राजा का नाम खुदा था। उस पर खून लगा था। राजकुमारी ने उसे देखा। वह मूर्च्छित हो गई। होश आने पर उसने राजा और रानी को सब हाल सुनाया। वे बड़े दुःखी हुए और जीमूतवाहन को खोजने निकले। तभी उन्हें शंखचूड़ मिला।

उसने गरुड़ को पुकार कर कहा, ''हे गरुड़! तू इसे छोड़ दे। बारी तो मेरी थी।''

गरुड़ ने राजकुमार से पूछा, ''तू अपनी जान क्यों दे रहा है?''

उसने कहा, ''उत्तम पुरुष को हमेशा दूसरों की सहायता करनी चाहिए।''

यह सुनकर गरुड़ बहुत प्रसन्न हुआ, उसने राजकुमार से वर माँगने को कहा। जीमूतवाहन ने अनुरोध किया कि सब साँपों को जिन्दा कर दो। गरुड़ ने ऐसा ही किया।

फिर उसने कहा, ''तुझे अपना राज्य भी मिल जाएगा।'' इसके बाद वे लोग अपने नगर को लौट आए। लोगों ने राजा को फिर गद्दी पर बिठा दिया।

इतना कहकर वेताल बोला, "हे राजन् यह बताओ, इसमें सबसे बड़ा काम किसने किया?"

विक्रम ने कहा, "शंखचूड़ ने।" तो वेताल ने जब शंका प्रकट की तो विक्रम बोला, "जीमूतवाहन जाति का क्षत्रिय था। प्राण देने का उसे अभ्यास था। लेकिन बड़ा काम तो शंखचूड़ ने किया, जो अभ्यास न होते हुए भी जीमूतवाहन को बचाने के लिए अपनी जान देने को तैयार हो गया।"

इतना सुनकर वेताल फिर पेड़ पर जा लटका। राजा उसे लाया तो उसने फिर अगली कहानी सुनाई।

राजधर्म

चन्द्रशेखर नगर में रत्नदत्त नाम का एक सेठ रहता था। उसके एक लड़की थी। उसका नाम था उन्मादिनी। जब वह बड़ी हुई तो रत्नदत्त ने राजा के पास जाकर कहा कि आप चाहें तो उससे विवाह कर लीजिए। राजा ने तीन दासियों को लड़की को देख आने को कहा। उन्होंने उन्मादिनी को देखा तो उसके रूप पर मुग्ध हो गईं, लेकिन उन्होंने यह सोचकर कि राजा उसके वश में हो जाएगा, आकर कह दिया कि वह तो कुलक्षिणी है। राजा ने सेठ से इन्कार कर दिया।

इसके बाद सेठ ने राजा के सेनापति बलभद्र से उसका विवाह कर दिया। वे दोनों अच्छी तरह से रहने लगे।

एक दिन राजा की सवारी उस रास्ते से निकली। उस समय उन्मादिनी अपने कोठे पर खड़ी थी। राजा की उस पर निगाह पड़ी तो वह उस पर मोहित हो गया। उसने पता लगाया। मालूम हुआ कि वह सेठ की लड़की है। राजा ने सोचा कि हो-न-हो, जिन दासियों को मैंने देखने भेजा था, उन्होंने छल किया है। राजा ने उन्हें बुलाया तो उन्होंने आकर सारी बात सच-सच कह दी। इतने में सेनापति वहाँ आ गया। उसे राजा की बेचैनी मालूम हुई।

उसने कहा, "स्वामी उन्मादिनी को आप ले लीजिए।"

राजा ने क्रोधित होकर कहा, "क्या मैं अधर्मी हूँ, जो पराई स्त्री को ले लूँ?"

राजा को इतनी व्याकुलता हुई कि वह कुछ दिन में मर गया। सेनापति ने अपने गुरु को सब हाल सुनाकर पूछा कि अब मैं क्या करूँ?

गुरु ने कहा, "सेवक का धर्म है कि स्वामी के लिए जान दे दे।"

राजा की चिता तैयार हुई। सेनापति वहाँ गया और उसमें कूद पड़ा। जब उन्मादिनी को यह बात मालूम हुई तो वह पति के साथ जल जाना धर्म समझकर चिता के पास पहुँची और उसमें जाकर भस्म हो गई।

इतना कहकर वेताल ने पूछा, "राजन्, बताओ, सेनापति और राजा में कौन अधिक साहसी था?"

विक्रम ने कहा, "राजा अधिक साहसी था, क्योंकि उसने राज धर्म पर दृढ़ रहने के लिए उन्मादिनी को उसके पति के कहने पर भी स्वीकार नहीं किया और अपने प्राणों को त्याग दिया। सेनापति कुलीन सेवक था। अपने स्वामी की भलाई में उसका प्राण देना अचरज की बात नहीं। असली काम तो राजा ने किया कि प्राण छोड़कर भी राजधर्म नहीं छोड़ा।"

राजा का यह उत्तर सुनकर वेताल फिर पेड़ पर जा लटका। राजा उसे पुनः पकड़कर लाया और तब उसने अगली कहानी सुनाई।

विद्या का पात्र

उज्जैन नगरी में महासेन नाम का राजा राज करता था। उसके राज्य में वासुदेव शर्मा नाम का एक ब्राह्मण रहता था, जिसके गुणाकर नाम का बेटा था। गुणाकर बड़ा जुआरी था। वह अपने पिता का सारा धन जुए में हार गया। ब्राह्मण ने उसे घर से निकाल दिया। वह दूसरे नगर में पहुँचा। वहाँ उसे एक योगी मिला। उसे हैरान देखकर उसने कारण पूछा तो उसने सब बता दिया।

योगी ने कहा, ''लो, पहले कुछ खा लो।''

''मैं ब्राह्मण का बेटा हूँ।'' गुणाकर ने जवाब दिया, ''आपकी भिक्षा कैसे खा सकता हूँ?'' इतना सुनकर योगी ने सिद्धि को याद किया। वह आई। योगी ने उससे आवभगत करने को कहा। सिद्धि ने एक सोने का महल बनवाया और गुणाकर उसमें रात को अच्छी तरह से रहा। सबेरे उठते ही उसने देखा कि महल आदि कुछ भी नहीं है।

उसने योगी से कहा, ''महाराज, उस स्त्री के बिना अब मैं नहीं रह सकता।''

योगी ने कहा, ''वह तुम्हें एक विद्या प्राप्त करने से मिलेगी और

वह विद्या जल के अन्दर खड़े होकर मंत्र जपने से मिलेगी। लेकिन जब वह लड़की तुम्हें मेरी सिद्धि से मिल सकती है, तो तुम विद्या प्राप्त करके क्या करोगे?''

गुणाकर ने कहा, ''नहीं, मैं स्वयं वैसा करूँगा।''

योगी बोला, ''कहीं ऐसा न हो कि तुम विद्या प्राप्त न कर पाओ और मेरी सिद्धि भी नष्ट हो जाय!'' पर गुणाकर न माना। योगी ने उसे नदी के किनारे ले जाकर मंत्र बता दिए और कहा कि जब तुम जप करते हुए माया से मोहित होगे तो मैं तुम पर अपनी विद्या का प्रयोग करूँगा। उस समय तुम अग्नि में प्रवेश कर जाना।''

गुणाकर जप करने लगा। जब वह माया से एकदम मोहित हो गया तो देखता क्या है कि वह किसी ब्राह्मण के बेटे के रूप में पैदा हुआ है। उसका विवाह हो गया, उसके बाल-बच्चे भी हो गए। वह अपने जन्म की बात भूल गया। तभी योगी ने अपनी विद्या का प्रयोग किया। गुणाकर मायारहित होकर अग्नि में प्रवेश करने को तैयार हुआ। उसी समय उसने देखा कि उसे मरता देख उसके माँ-बाप और दूसरे लोग रो रहे हैं और उसे आग में जाने से रोक रहे हैं।

गुणाकर ने सोचा कि मेरे मरने पर ये सब भी मर जाएँगे और पता नहीं कि योगी की बात सच हो या न हो।

इस तरह सोचता हुआ वह आग में घुसा तो आग ठंडी हो गई और माया भी शान्त हो गई। गुणाकर चकित होकर योगी के पास आया और उसे सारा हाल बता दिया।

योगी ने कहा, ''मालूम होता है कि तुम्हारे करने में कोई कसर रह गई।'' योगी ने स्वयं सिद्धि की याद की, पर वह नहीं आई। इस

तरह योगी और गुणाकर दोनों की विद्या नष्ट हो गई। इतनी कथा कहकर वेताल ने पूछा, "राजन्, यह बताओ कि दोनों की विद्या क्यों नष्ट हो गई?"

विक्रम ने कहा, "बात बड़ी स्पष्ट है। निर्मल और शुद्ध संकल्प करने से ही सिद्धि प्राप्त होती है। गुणाकर के दिल में शंका हुई कि पता नहीं, योगी की बात सच होगी या नहीं। योगी की विद्या इसलिए नष्ट हुई कि उसने अपात्र को विद्या दी।" राजा का उत्तर सुनकर वेताल फिर पेड़ पर जा लटका। राजा वहाँ गया और उसे लेकर चला तो उसने अगली कहानी सुनाई।

पिण्ड दान

वक्रोलक नामक नगर में सूर्यप्रभ नाम का राजा राज करता था। उसके कोई सन्तान न थी। उसी समय में एक दूसरी नगरी में धनपाल नाम का एक साहूकार रहता था। उसकी स्त्री का नाम हिरण्यवती था और उसके धनवती नाम की एक पुत्री थी। जब धनवती बड़ी हुई तो धनपाल मर गया और उसके नाते-रिश्तेदारों ने उसका धन हड़प लिया और एक रिश्तेदार तो कोठरी में छिपाकर रखा गया धन भी चुराकर ले गया। हिरण्यवती अपनी लड़की को लेकर रात के समय नगर छोड़कर चल दी। रास्ते में उसे एक चोर सूली पर लटकता हुआ मिला। वह मरा नहीं था। उसने हिरण्यवती को देखकर अपना परिचय दिया और कहा, "मैं तुम्हें एक हजार अशर्फियाँ दूँगा। तुम अपनी लड़की का विवाह मेरे साथ कर दो।"

हिरण्यवती ने कहा, "तुम तो मरने वाले हो।"

चोर बोला, "मेरे कोई पुत्र नहीं है और निपूते की परलोक में सद्गति नहीं होती। अगर मेरी आज्ञा से और किसी से भी इसके पुत्र पैदा हो जाएगा तो मुझे सद्गति मिल जाएगी।" हिरण्यवती ने लोभ के वश होकर उसकी बात मान ली और धनवती का विवाह उसके साथ कर दिया। चोर बोला, "इस बड़ के पेड़ के नीचे अशर्फियाँ

गड़ी हैं, सो ले लेना और मेरे प्राण निकलने पर मेरा क्रिया-कर्म करके तुम अपनी बेटी के साथ अपने नगर में चली जाना।''

इतना कहकर चोर मर गया। हिरण्यवती ने जमीन खोदकर अशर्फियाँ निकालीं, चोर का क्रिया-कर्म किया और अपने नगर में लौट आई। उसी नगर में वसुदत्त नाम का एक गुरु था, जिसके मनस्वामी नाम का शिष्य था। वह शिष्य एक वेश्या से प्रेम करता था। वेश्या उससे पाँच सौ अशर्फियाँ माँगती थी। वह कहाँ से लाकर देता! संयोग से धनवती ने मनस्वामी को देखा और वह उसे चाहने लगी। उसने अपनी दासी को उसके पास भेजा। मनस्वामी ने कहा कि मुझे पाँच सौ अशर्फियाँ मिल जाएँ तो मैं एक रात धनवती के साथ रह सकता हूँ। हिरण्यवती राजी हो गई। उसने मनस्वामी को पाँच सौ अशर्फियाँ दे दीं। बाद में धनवती के एक पुत्र उत्पन्न हुआ। उसी रात शिवजी ने सपने में उन्हें दर्शन देकर कहा, ''तुम इस बालक को हजार अशर्फियों के साथ राजा के महल के दरवाजे पर रख आओ।''

माँ-बेटी ने ऐसा ही किया। उधर शिवजी ने राजा को सपने में दर्शन देकर कहा, ''तुम्हारे द्वार पर किसी ने धन के साथ लड़का रख दिया है, उसे ग्रहण करो।'' राजा ने अपने नौकरों को भेजकर बालक और अशर्फियों को मँगा लिया। बालक का नाम उसने चन्द्रप्रभ रखा। जब वह लड़का बड़ा हुआ तो उसे गद्दी सौंपकर राजा काशी चला गया और कुछ दिन बाद मर गया। पिता के ऋण से उऋण होने के लिए चन्द्रप्रभ तीर्थ करने निकला। जब वह घूमते हुए गयाकूप पहुँचा और पिण्डदान किया तो उसमें से तीन हाथ एक साथ निकले। चन्द्रप्रभ ने चकित होकर ब्राह्मणों से पूछा कि किसको पिण्ड दूँ?

उन्होंने कहा, "लोहे की कील वाला चोर का हाथ है, पवित्रीवाला ब्राह्मण का है और अंगूठीवाला राजा का। आप तय करो कि किसको देना है?" इतना कहकर वेताल बोला, "राजन्, तुम बताओ कि उसे किसको पिण्ड देना चाहिए?" विक्रम ने कहा, "चोर को, क्योंकि उसी का वह पुत्र था। मनस्वामी उसका पिता इसलिए नहीं हो सकता कि वह तो एक रात के लिए पैसे से खरीदा हुआ था। राजा भी उसका पिता नहीं हो सकता, क्योंकि उसे बालक को पालने के लिए धन मिल गया था। इसलिए चोर ही पिण्ड का अधिकारी है।" इतना सुनकर वेताल फिर पेड़ पर जा लटका और राजा को वहाँ जाकर उसे लाना पड़ा। रास्ते में फिर उसने एक कहानी सुनाई।

अचरज की हँसी

चित्रकूट नगर में एक युवा राजा रहता था। एक दिन वह शिकार खेलने जंगल में गया। घूमते-घूमते वह रास्ता भूल गया और अकेला रह गया। थक कर वह एक पेड़ की छाया में लेटा कि उसे एक ऋषि-कन्या दिखाई दी। उसे देखकर राजा उस पर मोहित हो गया। थोड़ी देर में ऋषि स्वयं आ गए।

ऋषि ने पूछा, "तुम यहाँ कैसे आए हो?"

राजा ने कहा, "मैं शिकार खेलने आया हूँ।"

ऋषि बोले, "बेटा, तुम जीवों को मारकर पाप क्यों कमाते हो?"

राजा ने वादा किया कि मैं अब कभी शिकार नहीं खेलूँगा।

प्रसन्न होकर ऋषि ने कहा, "तुम्हें जो माँगना हो, माँग लो।"

राजा ने ऋषि-कन्या माँगी और ऋषि ने प्रसन्न होकर दोनों का विवाह कर दिया। राजा जब उसे लेकर चला तो रास्ते में एक भयंकर राक्षस मिला।

वह बोला, "मैं तुम्हारी रानी को खाऊँगा। अगर चाहते हो कि वह

बच जाय तो सात दिन के भीतर एक ऐसे ब्राह्मण-पुत्र का बलिदान करो, जो अपनी इच्छा से अपने को दे और उसके माता-पिता उसे मारते समय उसके हाथ-पैर पकड़ें।"

डर के मारे राजा ने उसकी बात मान ली। वह अपने नगर को लौटा और अपने दीवान को सब हाल कह सुनाया।

दीवान ने कहा, "आप परेशान न हों, मैं उपाय करता हूँ।"

इसके बाद दीवान ने सात बरस के बालक की सोने की मूर्ति बनवायी और उसे कीमती गहने पहनाकर नगर-नगर और गाँव-गाँव घुमवाया। यह कहलवा दिया कि जो कोई सात बरस का ब्राह्मण का बालक अपने को बलिदान के लिए देगा और बलिदान के समय उसके माँ-बाप उसके हाथ-पैर पकड़ेंगे, उसी को यह मूर्ति और सौ गाँव मिलेंगे।

यह समाचार सुनकर एक ब्राह्मण-बालक सहमत हो गया, उसने माँ-बाप से कहा, "आपको बहुत-से पुत्र मिल जाएँगे। मेरे शरीर से राजा की भलाई होगी और आपकी गरीबी मिट जाएगी।"

माँ-बाप ने मना किया, पर बालक ने हठ करके उन्हें राजी कर लिया।

माँ-बाप बालक को लेकर राजा के पास गए। राजा उन्हें लेकर राक्षस के पास गया। राक्षस के सामने माँ-बाप ने बालक के हाथ-पैर पकड़े और राजा उसे तलवार से मारने को हुआ। उसी समय बालक बड़े जोर से हँस पड़ा।

इतना कहकर वेताल बोला, "हे राजन्, यह बताओ कि वह बालक क्यों हँसा?"

विक्रम ने उत्तर दिया, ''इसलिए कि डर के समय हर आदमी रक्षा के लिए अपने माँ-बाप को पुकारता है। माता-पिता न हों तो पीड़ितों की सहायता राजा करता है। राजा न कर सके तो आदमी देवता का स्मरण करता है। पर यहाँ तो कोई भी बालक के साथ न था। माँ-बाप हाथ पकड़े हुए थे, राजा तलवार लिए खड़ा था और राक्षस भक्षक हो रहा था। ब्राह्मण का लड़का परोपकार के लिए अपना शरीर दे रहा था। इसी हर्ष से और अचरज से वह हँसा।''

इतना सुनकर वेताल अन्तर्धान हो गया और राजा लौटकर फिर उसे ले आया। रास्ते में वेताल ने फिर अगली कहानी शुरू कर दी।

विराग में अंधा

विशाला नाम की नगरी में पद्मनाभ नाम का राजा राज करता था। उसी नगर में अर्थदत्त नाम का एक साहूकार रहता था। अर्थदत्त के अनंगमंजरी नाम की एक सुन्दर कन्या थी। उसका विवाह साहूकार ने एक धनी साहूकार के पुत्र मणिवर्मा के साथ कर दिया। मणिवर्मा पत्नी को बहुत चाहता था, पर पत्नी उसे प्रेम नहीं करती थी। एक बार मणिवर्मा कहीं गया। पीछे अनंगमंजरी की राजपुरोहित के लड़के कमलाकर पर निगाह पड़ी तो वह उसे चाहने लगी। पुरोहित का लड़का भी लड़की को चाहने लगा। अनंगमंजरी ने महल के बाग मे जाकर चंडीदेवी को प्रणाम कर कहा –

"यदि मुझे इस जन्म में कमलाकर पति के रूप में न मिले तो अगले जन्म में मिले।"

यह कहकर वह अशोक के पेड़ से दुपट्टे की फाँसी बनाकर मरने को तैयार हो गई। तभी उसकी सखी आ गई और उसे यह वचन देकर ले गई कि कमलाकर से मिला देगी। सखी सबेरे कमलाकर के यहाँ गई और दोनों के बगीचे में मिलने का प्रबन्ध कर आयी। कमलाकर आया और उसने अनंगमंजरी को देखा। वह बेताब होकर

मिलने के लिए दौड़ा। मारे प्रसन्नता के अनंगमंजरी के हृदय की गति रुक गई और वह मर गई। उसे मरा देखकर कमलाकर का भी दिल फट गया और वह भी मर गया। उसी समय मणिवर्मा आ गया और अपनी स्त्री को पराए आदमी के साथ मरा देखकर बड़ा दुःखी हुआ। वह स्त्री को इतना चाहता था कि उसका वियोग न सह पाने से उसके भी प्राण निकल गए। चारों ओर हाहाकार मच गया। चंडीदेवी प्रकट हुई और उसने सबको जीवित कर दिया। इतना कहकर वेताल बोला, ''राजन्, यह बताओ कि इन तीनों में सबसे अधिक विराग में अंधा कौन था?''

विक्रम ने कहा, ''मेरे विचार में मणिवर्मा था, क्योंकि वह अपनी पत्नी को पराए आदमी को प्यार करते देखकर भी शोक से मर गया। अनंगमंजरी और कमलाकर तो अचानक मिलने की प्रसन्नता से मरे। उसमें अचरज की कोई बात नहीं थी।'' यह उत्तर सुनकर वेताल फिर पेड़ पर जा लटका और राजा को वापस जाकर उसे लाना पड़ा। रास्ते में वेताल ने फिर एक कहानी कही।

वास्तविक दोषी

कुसुमपुर नगर में एक राजा राज्य करता था। उसके नगर में एक ब्राह्मण था, जिसके चार बेटे थे। लड़कों के सयाने होने पर ब्राह्मण मर गया और ब्राह्मणी उसके साथ सती हो गई। उनके रिश्तेदारों ने उनका धन छीन लिया। वे चारों भाई नाना के यहाँ चले गए। लेकिन कुछ दिन बाद वहाँ भी उनके साथ बुरा व्यवहार होने लगा। तब सबने मिलकर सोचा कि कोई विद्या सीखनी चाहिए। यह सोच करके चारों चार दिशाओं में चल दिए।

कुछ समय बाद वे विद्या सीखकर मिले।

एक ने कहा, "मैंने ऐसी विद्या सीखी है कि मैं मरे हुए प्राणी की हड्डियों पर मांस चढ़ा सकता हूँ।"

दूसरे ने कहा, "मैं उसकी खाल और बाल पैदा कर सकता हूँ।"

तीसरे ने कहा, "मैं उसके सारे अंग बना सकता हूँ।"

चौथा बोला, "मैं उसमें जान डाल सकता हूँ।"

फिर वे अपनी विद्या की परीक्षा लेने जंगल में गए। वहाँ उन्हें एक मरे शेर की हड्डियाँ मिलीं। उन्होंने उसे बिना पहचाने ही उठा

लिया। एक ने माँस डाला, दूसरे ने खाल और बाल पैदा किए, तीसरे ने सारे अंग बनाए और चौथे ने उसमें प्राण डाल दिए। शेर जीवित हो उठा और सबको खा गया।

यह कथा सुनाकर वेताल बोला, "हे राजा, बताओ कि उन चारों में शेर बनाने का अपराध किसने किया?"

राजा ने कहा, "जिसने प्राण डाले उसने, क्योंकि बाकी तीन को यह पता ही नहीं था कि वे शेर बना रहे हैं। इसलिए उनका कोई दोष नहीं है।"

यह सुनकर वेताल फिर पेड़ पर जा लटका। राजा जाकर फिर उसे लाया। रास्ते में वेताल ने एक नयी कहानी सुनाई।

परकाया प्रवेश

कलिंग देश में शोभावती नाम का एक नगर है। उसमें राजा प्रद्युम्न राज करता था। उसी नगरी में एक ब्राह्मण रहता था, जिसके देवसोम नाम का बड़ा ही योग्य पुत्र था। जब देवसोम सोलह बरस का हुआ और सारी विद्याएँ सीख चुका तो एक दिन दुर्भाग्य से वह मर गया। बूढ़े माँ-बाप बड़े दुःखी हुए। चारों ओर शोक छा गया। जब लोग उसे लेकर श्मशान में पहुँचे तो रोने-पीटने की आवाज सुनकर एक योगी अपनी कुटिया में से निकलकर आया। पहले तो वह खूब जोर से रोया, फिर खूब हँसा, फिर योग-बल से अपना शरीर छोड़ कर उस लड़के के शरीर में घुस गया। लड़का उठ खड़ा हुआ। उसे जीता देखकर सब बड़े खुश हुए।

वह लड़का वहीं तपस्या करने लगा।

इतना कहकर बेताल बोला, "राजन्, यह बताओ कि यह योगी पहले तो रोया, फिर हँसा ऐसा क्यों?"

विक्रम ने कहा, "इसमें क्या बात है! वह रोया इसलिए कि जिस शरीर को उसके माँ-बाप ने पाला-पोसा और जिससे उसने बहुत-सी शिक्षाएँ प्राप्त कीं, उसे छोड़ रहा था। हँसा इसलिए कि वह नए शरीर में प्रवेश करके और अधिक सिद्धियाँ प्राप्त कर सकेगा।"

राजा का यह उत्तर सुनकर वेताल फिर पेड़ पर जा लटका। राजा जाकर उसे लाया तो रास्ते में वेताल ने कहा, "हे राजन्, मुझे इस बात की बड़ी प्रसन्नता है कि बिना जरा-सा भी हैरान हुए तुम मेरे सवालों का उत्तर देते रहे हो और बार-बार आने-जाने की परेशानी उठाते रहे हो। आज मैं तुमसे एक बहुत भारी सवाल करूँगा। सोचकर उत्तर देना।"

इसके बाद वेताल ने यह कहानी सुनाई।

चुप रहने में ही भलाई

किसी नगर में मांडलिक नाम का राजा राज करता था। उसकी पत्नी का नाम चंडवती था। वह मालव देश के राजा की लड़की थी। उसके लावण्यवती नाम की एक कन्या थी। जब वह विवाह के योग्य हुई तो राजा के भाई-बन्धुओं ने उसका राज्य छीन लिया और उसे देश-निकाला दे दिया। राजा-रानी और कन्या को साथ लेकर मालव देश को चल दिया।

रात को वे एक वन में ठहरे। पहले दिन चलकर भीलों की नगरी में पहुँचे। राजा ने रानी और बेटी से कहा कि तुम लोग वन में छिप जाओ, नहीं तो भील तुम्हें परेशान करेंगे। वे दोनों वन में चली गईं। इसके बाद भीलों ने राजा पर हमला किया। राजा ने मुकाबला किया, पर अन्त में वह मारा गया। भील चले गए।

उसके जाने पर रानी और बेटी जंगल से निकलकर आयीं और राजा को मरा देखकर बड़ी दुःखी हुईं। वे दोनों शोक करती हुईं एक तालाब के किनारे पहुँची। उसी समय वहाँ चंडसिंह नाम का साहूकार अपने लड़के के साथ, घोड़े पर चढ़कर, शिकार खेलने के लिए उधर आया।

दो स्त्रियों के पैरों के निशान देखकर साहूकार अपने बेटे से बोला, "अगर ये स्त्रियाँ मिल जाएँ तो जिससे चाहो, विवाह कर लेना।"

लड़के ने कहा, "छोटे पैर वाली छोटी उम्र की होगी, उससे मैं विवाह कर लूँगा। आप बड़ी से कर लें।"

साहूकार विवाह नहीं करना चाहता था, पर बेटे के बहुत कहने पर राजी हो गया। थोड़ा आगे बढ़ते ही उन्हें रोती हुई रानी दिखाई दी, जबकि बेटी नीचे तालाब में पानी पीने के लिए गई हुई थी। साहूकार ने पूछा –

"तुम कौन हो?"

रानी ने सारा हाल कह सुनाया। साहूकार उसे और उसकी बेटी को अपने घर ले गया। संयोग से रानी के पैर छोटे थे, पुत्री के पैर बड़े। इसलिए साहूकार ने पुत्री से विवाह किया, लड़के की शादी रानी से हुई और इस तरह पुत्री सास बनी और माँ बेटे की बहू। उन दोनों के आगे चलकर कई सन्तानें हुईं।

इतना कहकर वेताल बोला, "राजन्! बताइए, माँ-बेटी के जो बच्चे हुए, उनका आपस में क्या संबंध हुआ?"

यह प्रश्न सुनकर राजा बड़े चक्कर में पड़ा गया। उसने बहुत सोचा, पर उत्तर न सूझ पड़ा। इसलिए वह चुपचाप चलता रहा।

वेताल यह देखकर बोला, "राजन्, कोई बात नहीं है। मैं तुम्हारे धीरज और पराक्रम से प्रसन्न हूँ। मैं अब इस मुर्दे से निकल जाता हूँ। तुम इसे योगी के पास ले जाओ। जब वह तुम्हें इस मुर्दे को सिर झुकाकर प्रणाम करने को कहे तो तुम कह देना कि पहले आप करके दिखाओ। जब वह सिर झुकाकर बताए तो तुम उसका सिर काट

लेना। उसका बलिदान करके तुम सारी पृथ्वी के राजा बन जाओगे। सिर नहीं काटा तो वह तुम्हारी बलि देकर सिद्धि प्राप्त करेगा।"

इतना कहकर वेताल चला गया और राजा मुर्दे को लेकर योगी के पास आया।

वेताल सिद्धि

योगी राजा को और मुर्दे को देखकर बहुत प्रसन्न हुआ और बोला, "हे राजन्! तुमने यह कठिन काम करके मेरे साथ बड़ा उपकार किया है। तुम सचमुच सारे राजाओं में श्रेष्ठ हो।"

इतना कहकर उसने मुर्दे को उसके कंधे से उतार लिया और उसे स्नान कराकर फूलों की मालाओं से सजाकर रख दिया। फिर मंत्र-बल से वेताल का आवाहन करके उसकी पूजा की। पूजा के बाद उसने राजा से कहा, "हे राजन्! तुम शीश झुकाकर इसे प्रणाम करो।" राजा को वेताल की बात याद आ गई।

उसने कहा, "मैं राजा हूँ, मैंने कभी किसी को सिर नहीं झुकाया। आप पहले सिर झुकाकर बता दीजिए।" योगी ने जैसे ही सिर झुकाया, राजा ने तलवार से उसका सिर काट दिया। वेताल बड़ा खुश हुआ।

बोला, "राजन्, यह योगी विद्याधरों का स्वामी बनना चाहता था। अब तुम बनोगे। मैंने तुम्हें बहुत परेशान किया है। तुम जो चाहो सो माँग लो।"

विक्रम ने कहा, "अगर आप मुझसे प्रसन्न हैं तो मेरी प्रार्थना है

कि आपने जो चौबीस कहानियाँ सुनाईं, वे, और पच्चीसवीं यह, सारे संसार में प्रसिद्ध हो जाएँ और लोग इन्हें आदर से पढ़ें।"

वेताल ने कहा, "ऐसा ही होगा। ये कथाएँ 'वेताल-पच्चीसी' के नाम से प्रसिद्ध होंगी और जो इन्हें पढ़ेंगे, उनके पाप दूर हो जाएँगे।"

यह कहकर वेताल चला गया। उसके जाने के बाद शिवजी ने प्रकट होकर कहा, "राजन्, तुमने अच्छा किया, जो इस दुष्ट साधु को मार डाला। अब तुम शीघ्र ही सातों द्वीपों और पाताल-सहित सारी पृथ्वी पर राज्य स्थापित करोगे।"

इसके बाद शिवजी अन्तर्धान हो गए। काम पूरे करके राजा विक्रम श्मशान से नगर में आ गया। कुछ ही दिनों में वह सारी पृथ्वी का राजा बन गया और उसने उसके बाद अपनी राजधानी उज्जैन बनाई उसके दरबार में नवरत्न रहते थे, जो ज्ञान-विज्ञान के विश्व में अपने आप में अद्भुत व्यक्तित्व थे।

●●●

प्रश्नोत्तरी

1. वेताल पच्चीसी के मूल लेखक कौन हैं?
   (अ) वेताल भट्ट (ब) विक्रम
   (स) भूतनाथ (द) काशीनाथ

2. वर्धमान नगर के राजा का क्या नाम था?
   (अ) महावीर (ब) वेताल
   (स) गुण शेखर (द) भर्तृहरि

3. दीर्घदर्शी किस राजा का दीवान था ?
   (अ) रामलाल (ब) दया शंकर
   (स) मूल शंकर (द) यशकेतु

4. देवस्वामी ब्राह्मण कहां रहता था?
   (अ) बनारस में (ब) दिल्ली में
   (स) काशी में (द) अयोध्या में

5. रत्नदत्त पेशे से क्या था?
   (अ) मोची (ब) लुहार
   (स) साहूकार (द) किसान

6. शशिप्रभा को कौन उठाकर ले गया था?

(अ) ब्राह्मण का लड़का (ब) चोर

(स) डाकू (द) राजा

7. जीमूतवाहन के पिता का क्या नाम था?

(अ) रामकेतु (ब) धर्मकेतु

(स) जीमूतकेतु (द) शर्भकेतु

8. मलयाचल पर मढ़ी किसने बनाई?

(अ) राजा ने (ब) जादूगर ने

(स) गांव वालों ने (द) बढ़ई ने

9. बलभद्र कौन था?

(अ) राजा (ब) चोर

(स) सेनापति (द) बुद्धिमान व्यक्ति

10. पिण्डदान किसका किया जाता है?

(अ) चोर का (ब) मृतक का

(स) शासक का (द) लुटेरे का

<u>उत्तर</u>

1. अ 2. स 3. द 4. अ 5. स 6. अ 7. स 8. अ 9. स 10. ब